天江 최상고　CHOI SANG GO

중요작품

- 축시 「대한민국 환타지아」
- 축시 「독도 환상곡」
- 축시 「통일 아리랑」 시집 조국통일
- 축시 「88 서울올림픽」 88 서울올림픽 KBS 1TV 방송
- 축시 「조국에 영광을」 2002년 월드컵축구 스포츠 조선일보신문

교향시

- 교향시 「여의도의 밤」
- 교향시 「부산의 교향시」
- 교향시 「제주도 바다」
- 교향시 「꿈꾸는 도시 경주」
- 교향시 「통영포구」
- 교향시 「한려수도」
- 교향시 「여수바다」
- 교향시 「포항에서」
- 교향시 「태화강의 노래」
- 교향시 「처용의 노래」
- 교향시 「올림픽의 도시 평창」
- 교향시 「바다의 유희」
- 교향시 「바다의 희롱」

국제 PEN클럽회원
한국 문인협회원, 한국시인협회원,
　　한국현대작가회원, 한국시인연대 회원
한국문화예술 영상사업단(주) 대표이사
에덴복음 선교회, 에덴동산 어머니회 대표
결혼식 주례 1,000회 이상 집전

· 저자연락처 : 010 - 5813 - 2218
· 외국콜전화 : + 82 - 10 - 5813 - 2218

에덴동산 도서보급 판매 안내

국내 판매처

 ※ 전국 각시도 중요서점

 ※ 인터넷 온라인   카카오 톡 . 인스타그램

 ※ 다음, 네이브, 카페, 블로그, 페이스북 등

해외 판매 보급처

미국 솔로몬대학교

Solormon University
President Ph.D. Baek Jee Young
4055 Wilshiere Blvd
#354 L.A. CA 90010
Tel 323-708-9191
      231-381-7755
(대학관리 본부에서 도서보급함)

미국 청솔문화재단

이사장 시인 윤영미
Cheong Sol cultural foundation
110, Honjo, Lane,
Canadensis PA. 18325
Tel (631) 459-6220
(재단서무과에서 도서보급함)

창조주 축복에 대한 감사의 대서시詩

사랑하는 어머니에게

One's Beloved Mother

인 쇄 일　：2022년　3월　7 일
발 행 일　：2022년　3월　8 일
등록번호　： 제 2022—000029 호

저자　　　：　최상고
발행인　　：　최상고
출판책임　：　지경애
편집책임　：　데레사
영문번역책임 ：　에레사
중문번역책임 ：　최효실
교정책임　：　김옥희 (수필가)

펴낸곳　　：　에덴동산

대표전화 ：　02-2265- 2218
모바일　 ：　010-5813- 2218
FAX　　 ：　0508- 957-2992
e-mail　 ：chungang50@hanmail.net
주　　소 ：　서울시 중구 충무로 5가 2
　　　　　　청원빌딩 502호

주문연락 ：　02-2265-2218.　010-5813-2218
계좌번호 ：　농협 352-1681-8520-83
예금주　 ：　최 상 고

판권
소유

값 15,000원

I Want to Give you
This one Book

사랑하는 어머니에게
One's Beloved Mother

전지전능하신
창조주 여호와
하나님

나의 소원은
어머니가 부활하여 하늘나라 천국에서
영생화복하여 살게만 축복하여 주시옵소서
아멘

사랑하는 어머님께

사랑하는 어머님
사랑하는 어머님
만가지 삶이란 삶에는
주름살로 애태우셨고
몸이란 몸으로 베푸신 정성
못잊혀지는 사랑이었습니다.

흰 머리카락 염색물로 숨기우시고
밝게 미소 주시던 그 모습
모든 삶의 고통을 감내하시고
안으로 자나깨나 자식 걱정에
홀로 우시던 어머님
벌써 홀연이 떠나가시니
불효의 눈물이 앞을 가립니다.

이제 깨닫는 산소앞에
촛불되고저 꿇어 엎드렸습니다만
생전의 은혜 갚을 길 없으니
어머님 노래는 불러도 한이 없습니다.
부디 영혼의 세계에서라도 오시어
이손자 저손녀 안으시고
편히도 기쁨의 미소짐 주시옵소서

사랑하는 어머님!
사랑하는 어머님!
아! 그러나
어머님 사랑만큼은 하시겠습니까!

Beloved Mother

CHOI SANG GO

Beloved mother,
Beloved mother,
Life is full of life,
You've been tormented by wrinkles
the devotion of the body
It was an unforgettable love.

Years of white hair
Even if you hide it with the chromosomes,
the way you smiled at me
I want you to endure all the pain in your life.
I'm worried about my child, whether all the time
the mother who was crying alone
You are already loaving like the wind.
My eyes are covered with tears of filial piety.

In front of the oxygen that I now realize
I fell on my stomach in the candlelight.
There is no way I can ever repay your kindness.
There is no limit to singing your mother's songs.
Plesae come from the spirit world.
Hold your grandchildren in your arms.
May the smile of joy be at your convenience

Beloved mother
Beloved mother
Ah! But
Will you lover yoer mother

우리는 어머니로부터 고귀한 생명을
이루었기에 그 은공을 잊지 아니하고저
모든 어머님에게 이 노래를 삼가 바칩니다.

사랑하는 어머니에게

One's Beloved Mother

최상고 음유시집

에덴동산

세상의 모든 여성은
아름답고 고귀하며 위대하다

Modern womam in the World
Beautiful Noble and Great

-최상고 명상록 중에서-

어머니로 부터 받는

생   명

그 크신 은경 너무 감사하여
항상 묵상하며 기도합니다.

어머니

생명의 전설

창조주는 우리 인간 모두에게 신(神)이라는 존재가 하나씩 필요하다는 것을 알았지만 신(神)을 그처럼 많이 만들수 가 없어 우리 인간에게 오직 한분 어머니를 주셨다고 합니다.

이렇듯 모든 인간에게 있어서 어미니란 존재는 우리 삶의 스승이자 영원한 안식처이며 절대적 神이나 다름없는 존재인 것입니다.

저자는 저자의 불효로 쓰여진 시작품에 대하여 생전의 불효함을 용서받고저 함이 아니며 이

어머니

생명의 전설

세상의 모든 사람들이 어머니로부터 고귀한 생명을 이루었기 때문에 피흘려주신 은혜를 항상 잊지 않고 큰 은공에 보답하기를 진실로 소원하기에 어머님의 노래를 詩로 표현하여 세상의 모든 어머님께 삼가 바치려 합니다.

특히 **"여자는 약하지만 어머니는 위대하다"** 라는 말과 같이 어머님의 희생적인 삶과 사랑은 시작도 끝도 없는 것이기에 우리는 항상 어머니의 노래를 불려야 할 것입니다.

저자 최 상 고 드림

제 1 장
어머니의 전설

A Mother's Legend

머릿말 / 14

생명의 서 / 24

인연과 윤회 / 26

금생의 인연 / 30

해산의 근심 / 34

생명의 보덕 / 37

낭자히 피 흘리신 밤 / 40

천륜의 은애 / 42

생명수 / 45

숭고한 생명 / 48

지구를 돌아온 수레바퀴 / 51

임종때도 자식 걱정하신 은정 / 55

나의 소원 / 59

제 2 장
사랑하는 어머니에게
Beloved Mother

나의 기도 / 62

숭고한 생명 / 63

거룩한 얼굴 / 64

만감의 숲 / 66

은경 / 68

참회 / 74

　　(제 1 번 ～ 9 번 까지)

제 3 장
어머니의 꽃
Legend Flower

수련꽃 / 86

박꽃 / 87

수국꽃 / 88

형제꽃 / 89

어머니꽃 / 91

약손 / 92

감꽃향기 / 93

얼굴 / 95

꿈 / 97

할미꽃 / 99

목련꽃 / 100

한여름 밤의 변고 / 101

제 4 장
인생

The Life

진리를 찾아서 / 106

잃어버린 세월 / 107

어머니 고향 / 112

달의 노래 / 114

남원에서 / 116

수몰된 고향 / 118

환상 / 120

새벽밥 / 122

인월리에서 / 124

이모님 얼굴 / 127

보름달 / 128

목소리 / 129

19

제 5 장
하늘나라로 떠나가는 배
A Ship Leaving for heaven

아! 어머니(서사詩) /134

   (제 1 편 부터 24 편 까지)

생명의 노래 / 156

제 6 장
회상(回想)의 언덕에서
On hill of remembrance

무지개를 찾아서 / 162

추석 그 영원한 그리움 / 163

편편산조 / 165

님의 얼굴 / 169

내 생명은 얼마나 남았을까 / 174

내 기도를 들어 주소서 / 184

묵상 / 187

인생 저 혼자 오는 것을 / 188

천륜 / 189

天江 최상고 약력 / 191

작품년보 / 199

어머니 노래 악보 / 233

제 1 장

어머니의 전설

A mother's Legend

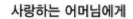
사랑하는 어머님에게

생명의 서(序)

광활한 대우주 거룩 거룩하여
아름다운 이 세상에서
단 한번 인간으로 허락받는 생명
인생의 삶도 유한(有限)한데
인생의 생명은 촌음과 같도다

내 업보(業報)가 바다같고
내 죄업(罪業)이 수미산 같아
지나온 세상 인생 삶들이
보이지 않는 듯 하여도
마음 부끄러워 얼굴 가리나이다

진실로 나 하나의 생명이
더 흩어지기 전에
나의 죄업들을 고백하며
엎드려 간절히 참회하나이다.

전지 전능하신 창조주 님이시여
부디 긍휼(躬恤)이 여기시여
내 죄를 책망하시고 다만 악에서 구원하여
생명의 길로 인도하여 주시옵소서
화복 영생의 길 하늘나라에서
부활하신 어머니를 다시 만나서
재회하여 주실 것을 소원하여
간절히 기도 드립니다.

최 상 고 소원

인연과 윤회

1

유아연생(唯我緣生)의 생명
전생(轉生)에 억만겁 인연으로
어머니 몸에 의탁을 받았나이다

이 거룩한 은혜를 입은 것은
그 인연(因緣)의 연분이 중하여
창조주의 거룩히 점지된
축복의 은혜이었나이다

2

인간 인생의 생명이란
창조주의 은총으로 점지되었고
생전에는 어머니 품속에서 살았고
사후에는 부활(復活)이 되어
영생(永生) 복락을 누린다 하나이다.

육체의 생명은 끊어져 죽어서도
천상세계 천국(天國)에서
어머니와의 거룩한 인연은
결코 끝나지 아니 하나이다.

3

사후 세계에서도 의로운
인간은 부활이 되고
윤회설(輪廻說)에 의해서도
무시무종(無始無終)하여
삼계육도(三界六道)하고
윤회(輪廻)된다 하더이다

이렇듯 어머니와 그 인연은
참으로 중하고 거룩 거룩하여
잉태된 그 시각(時刻)부터는
그 인연 끝남이 없는 것이
인간 인생의 진리(眞理)요
대우주의 순리 법칙인 것이라 하나이다

창조주의 축복과 은총으로
인간으로 점지 되였나이다

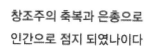

이 거룩함
진실로 감사하여
엎드려 기도 드리며
어머니와의 이 큰 인연 항상 묵상하나이다

금생의 인연

1

금생에 이 세상에 와서
여러겹 인연이 귀하고 중하여
어머니 몸에 은혜 받았나이다

두서너달 세월이 지나가니
오장육부가 생겨나고
여섯달이 지나가니
귀(聽覺)가 열리였나이다

2

어머니의 몸은 태산같이 무거웁고
앉으나 서나 행동할때 마다
몸쓸 질병에 걸릴까바 무서워
잠도 설치신 밤 여러날이였겠지요

화사하고 화려한 좋은 옷은
아기 다칠세라 아니 입으시고
단장하시던 그 고운 얼굴에는
붓기가 가시질 않았겠지요

사랑하는 어머니의 은경(恩敬)

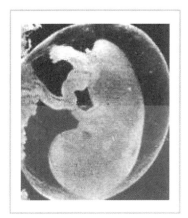

창조주의 축복과 은총으로 점지되었고
어머니 몸에 잉태되어
거룩한 인연이 시작되었나이다

어머니 해산 날이 가까이 임박하여
온 몸이 붓고 몸둥아리를 도려 내는 듯한
아픔의 고통에 정신까지 혼미하였지요

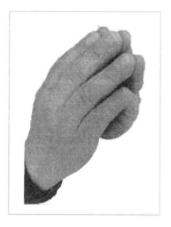

몸은 거의 기절하다 시피하여도
자식 잘 낳아야 한다는 숙명 앞에
오직 창조주 하나님에게 무사한
순산만 기도할 뿐이었겠지요.

해산의 근심

1

아기를 태동(胎動)하여
숭고히 잉태하신지
열달이 가까워 오니
어려운 해산날이 닥칠세라
낮이나 밤이나
가슴이 두근거리며
무사히 순산해야 한다는 근심에
마음속이 자조 조렸겠지요

2

날이면 날마다
밤이면 밤마다
그 무거우신 몸
중한 병에 걸린듯이
정신까지 혼미하시였겠지요

3

두려웁고 무서운 심정
어떻게 다 헤아릴까 하여
근심 걱정으로 흘리신 눈물
옷자락도 젖었으며
벼개가 다 졌었겠지요

생명의 보덕

1

분신을 만나는 은혜의 날
기쁘고 감화하여
큰 축복 생명의
보덕(報德)을 받았나이다.
그래도 해산의 두려움이 가시질 않아
마음속 걱정을 머금은 채
가족 친지에게 당부한 말씀은
이러다가 잘못되어
아이에게 젖도 물리지 못하고
죽지 않을까? 하여
두렵고 겁날뿐이외다 라고
말씀들 하시였겠지요.

2

어머님은 뼈속까지 아프고
오장육부는 뒤틀리는 듯하며
몸은 전신이 저려오는
모진 산고(産苦)의 고통
모두 다 헤아릴수 없었겠지요.
여자의 길은 외로우시고
어머니의 길은 어려워서도
오직 축복의 은총으로 무탈하여
낳아으니 감사하셨겠지요.

생명의 은혜

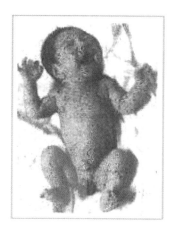

어머니 크신 은경(恩敬)으로
생명의 보덕을
귀하게 이루어 주셨나이다.

낭자히 피 흘리신 밤

1

수억만겹의 인연으로 만나
자식을 낳던 날 밤
오장육부와 하반신을
도려내는 듯한
모진 고통을 겪었으니
정신은 떠나 가는 듯이 혼미해 지고
육신의 몸은 형언할 수가 없어
기절(氣絶)하시었겠지요

2

어머니 거룩한 붉은 피(血)는
너무 많이 낭자히 흘리셔서
머리가 어지러워도
갓난아이 충실하다는 말
들으시고 몸은 기절했어도
정신은 아이 입속에
젖을 밀어 넣어 물리셨지요.
아아 감사한 그 은혜
도무지 어떻게 갚아야 합니까

천륜의 은애

1

기름지고 맛있는 음식은
도무지 잡수지 않으시고
쓴것은 삼키시며
단것은 뱉아 먹어준 은애
깊고도 자애한 은경이었나이다.

자식의 배 부름이
자신의 배 부름 같이
굶주림도 마다 아니하시며
젖 많이 나오게
물배로 채우시는 천륜의 은혜
가슴저미는 은경(恩敬)이었나이다.

어머니
천륜의 은애입니다.

오직 자식의 무탈한 성장을 위하여
하나님에게 감사 기도를
날밤마다 드리셨겠지요.

2

자식이 하루를 더하여
은애로 성장해 가니
하나님에게
자식안고 감사 기도드리며
앉으나 서나
밤이나 낮이나
만가지 근심 걱정
모성애는 본능이라 하지만
때때로 시름이
애처롭게 깊어만 가신 세월
아! 어머니!

생명수

1

수많은 날 밤을
젖은 자리 갈아 뉘이시며
어머니 몸은 젖은데 누우시고
포근히 물려주신 젖은
은애의 생명수이였나이다.

더우면 더운대로
춥고 차가운 날에도
모질고 나쁜 질병들까봐
치마자락 까지도 덮어주신 정성
지금도 고맙고 감사하여
눈시울이 붉어 지나이다.

2

격동기를 많이 겪으신
어려운 고난의 시절에도
아기의 무사 안일만 비옵고
언제나 아름다운 손으로
기도하시는 그 모습
당신님은 창조주가 보내신
어머니 신(神)이였습니다.

오오 어머니!
그 크신 엄마의 은경(恩敬)
도무지 살아서는 갚을 수가 없습니다

거룩하시고 전지 전능하신 하나님
감사하여 엎드려 기도 드리며
이 생명이 다하는 날까지
어머님 노래를 부르겠나이다.

숭고한 생명

1

이 거대한 우주 삼라만상에
어머님처럼 위대하고
존귀한 님은 없나이다.
눈에 안보이면 노심초사
걱정근심 끝이 없고
자식이 타지(他地)에 가면
당신의 마음도 함께
벌써 타지에 있습니다.
자식이 곁에 있을때도
온갖 공양수발과 잡일들로
당신님은 삶에 지쳐 있었겠지요.

이 우주 삼라만상에
어머님처럼 위대하고 존귀한 존재는 없나이다.

멀리 떠나가면 자식 걱정에
노심초사하신 정성
이제 하늘 가는 길
보고 싶어 하늘 향해 불러봅니다.

2

자신의 몸과 마음까지도
도무지 돌보시지 않으며
언제나 몸은 젖어 있고
붓기가 가시질 않았는데도
그때는 심오하지 못하여
알지 못했습니다.

비록 이제 깨달아
어머니
어머님하고
하늘 가늘 길
하늘 향해 불러봅니다.

지구를 돌아온 수레바퀴

1

어버이 크신 은경(恩敬)
태산처럼 높고
바다같이 깊어져 있나이다.

지금껏 품어서
이루어 주신 고마운 은혜
오직 자식을 위해서
일용할 음식 공양해 주신 은공
죽는 순간까지도
일하신 수레바퀴는
지구를 몇번이나 돌고도 남았나이다.

2

이렇듯 감사하고 고마운 은경
어머니라 당연히 받은듯 하온데
자식을 낳고서야 철이든 내모습
초라하여 부끄러웠습니다.

어머니의 은경(恩敬)은 하늘같아
진실로 숭고하고도 영원하시고
거룩 거룩하였나이다.

어머니 당신은 자식을 위하여
얼마나 많은 시간을 일하셨습니다.

그 좋다는 비단 옷도 한번 입어
보시지 않고 죽는 순간까지도
자식을 위하여 일하신 어머니
이제는 그냥 눈물만 납니다.

임종때도 자식 걱정하신 은정

1

어머니의 깊고도 크신 은정
하늘같아 헤아릴 수 없나이다
생전에도 자식 걱정으로
피눈물 흘려주신 감경(減敬)
오직 아프지말고 잘 이루어라
한 평생 기원하시고
기도하신 정성
뜨거운 삶의 교훈 이였나이다.

2

헌신의 생명이 다하여
하늘의 부르심을 받고
저 돌아올수 없는 요단강을
아프신 몸 홀로 떠나 가실때도
자식 손잡아 천륜의 말씀
남은 생애도 세상에 등불이 되라
일깨워 주신 교훈(敎訓)
천세만세 자식 화복만을
기도하시고 기원하니
당신님은 창조주가 보내신
어머니 신(神)이였나이다

어머니 하늘나라 가실려고 임종하실때도
자식 걱정에 눈 못 감으시는 천륜

나는 창조주 하나님에게
천세 만세 기도드립니다.
그러나 어머니 당신님도
어머니 신(神)이였나이다.

나의 소원

전지전능하신 창조주님
나의 죄업들을 참회하오니
용서하여 주시옵소서
나는 부족하고 드릴 것이 없어
초라한 몸이라도 받치오니
거름으로나 써주시옵소서

나는 소원이 2가지가 있습니다
하나는 어머니를 다시 부활(復活)시켜
소녀처럼 꽃과 같이 살게하여 주시옵소서
또 한가지는 고생이 없는 창조주의 나라
천국에서 영생화복하게 살수 있도록
소원하여 주시옵소서

전지전능하신 창조주
여호와 하나님

내 기도를 들어주시 옵소서

제 2 장

사랑하는 어머니에게

One's Beloved Mother

나의 기도

이 광활하고
거대한 대 우주
삼라만상속에서
어머니 몸에 잉태되어
숭고하게 이루어 주신 생명
그 크신 은혜 놀라워
오직 어머님처럼 살고저
엎드려 기도하고 있나이다
한번 뿐인 인생
삶의 길에서
비겁하거나 부끄럽지 않도록
정진하게 인도하여 주시옵소서

숭고한 생명

이 광활한 천지(天池)에
수많은 인종(人種)
수많은 사람들중에
오직 당신님과의
인연(因緣)이 중하여
어머니 몸에 품어
귀하게 이루어 주신 생명
이 인생이 헛되지 아니하며
인간으로 삶의 길에서
그 크신 은공 보답하고저
날로 희망속에 있나이다

거룩한 얼굴

1

지난 날 그 어린 품속에서
가만히 올려 본
그 봉숭아 빛 어머니 얼굴

오늘은 벌써 한 세상을 돌아와
힘없이 누워 계신 모습 보고
눈물이 서럽게 돌아버린 세월

2

시간을 멈추게 할 수는 없지만
하늘과 산과
바다와 강물처럼
이제 주름져진 얼굴

아아 누가 이토록
거룩 거룩한 모습으로
성스럽게 그려 놓았을까
오오 어머니 어머님이시여!

어머님 생각

1

어머님
하늘에 뜨는
저 구름에도
고운 모습
그리움입니다

어머님
바다에 흐르는
저 물결에도
출렁임
보고픔입니다

어머님
산속에 흔들려 우는
저 바람에도
차마 눈물입니다

2

어머님
세상이 험하여도
인간으로서 삶
다하시라는 교훈(教訓)의 말씀
사랑이었습니다

『어머님 생각』 이란 詩는 KBS울산 경음악 단장이시며 한국음악가협회
회원이신 작곡가 김근태 선생께서 곡을 붙여 영남가곡집에 수록되어
있는 작품임.

은경(恩敬)

1

사랑하는 어머니
사랑하는 어머님
이 세상에서의 인연
숭고하게 이루어주신 생명
그 크시고 깊은 은공
자식 낳기전에는 잘 몰랐습니다.
만가지 삶이란 삶에는
주름살로 애 태우셨고
몸이란 몸으로 베푸신 정성
도무지 살아 생전에는 다 못갚을
은경(恩敬)
못잊혀지는 사랑이었습니다

2

윤기 흐르던 머리
벌써 흰 머리카락으로 변하여
저들 용기 잃을까하여
염색물은 숨기우시고
밝게 미소 주시던 그 모습
모든 삶의 고통도 감내하시고
안으로 삭인 세월
자나깨나 자식 걱정에
홀로우시던 어머니
벌써 바람처럼 바람결에
홀연히 떠나가시니
불충한 불효의 눈물이 앞을 가립니다

3

이제 깨닫는 산소 앞에
꺼지지 않을 촛불피고저
꿇어 엎드렸습니다만
살아 생전(生轉)에는
그 깊은 은혜 갚을 길 없으니
어머님 노래는 불러도
시작도 끝이 없습니다
이제 부디 영혼의 세계에서라도
꿈속에서라도 오시여
이 손자 저 손녀들 않으시고
편히도 기쁨의 미소짐 주시옵소서

4

사랑하는 어머니
사랑하는 어머님
아! 그러나
어머님 사랑만큼은 하시겠습니까!

본 시는 1989년 KBS 1TV 방송으로 낭송되었으며 1996년 한국음악가협회 회원이신 작곡가 김수정선생께서 작곡하여 가곡집에 수록하였으며 본 詩集 뒷면에 악보를 수록하였음.

참 회

사랑하는 어머님
살아 생전엔 6개월 밖에 함께
살지 못하고 병이 있는 줄도 모르고 떠나셨는데
그것도 내 죄업이라 참회하옵니다

참회

1

지금은 영면(永眠)하신
어머니
단 한번뿐인 세상을
마음으로 살라하신
교훈(教訓)의 말씀
아직도 깨닫지 못하고
벌써 한 세상을 지나듯
저물어 떠나 가는
석양놀에 걸렸습니다

2

이 어설픈 세상에서
천년만년(千年万年)을
어머님 품속에서
살것만 같았던
그 어린 시절을 돌아
벌써 은발 날리우는
회상(回想)의 언덕에 서서
또 다른 한 세상이
기억(記憶)의 저편
어저께의 꿈결만 같았습니다

3

인생이란
혼자와서 홀로서야 한다고
일깨워 주신 말씀들
다분히 인내하고 참으며
견디어 왔던 육신도
이제 바람결에 날리우듯이
마른 눈물이 흐릅니다
이제 정처없이 알수 없는 곳으로
떠나야 하는 순리(順理)의
마지막 종착역에서 서성입니다
그러나 어디로 가야 하는지
알수가 없는 번뇌의 마지막 시간입니다

4

지나온 삶들을 되돌아 보면
아직도 못다한 일들과
해야 할 일들이
태산처럼 산적해 있는데
유랑의 늪에서 벗어나지도 못하고
방황하고 있는 것은 아닌지
인간으로 비겁해 하지는 않았지만
삶이 심오하지 못한 것은 아닌지
어머님 앞에 서면
참으로 송구하고 부끄럽나이다

5

이 아름다운 세상을
바른 참선에 들지도 못하고
짚시의 방랑자 신세처럼
안타까운 설음에 겹쳐 있습니다
그리고 언제나 쫓겼던 삶들이
마음으로는 서글퍼져
눈물이 앞을 가리워도
이제는 그것 마져도
내것으로 다해야 하는
애틋해 지는 촌음에 섰습니다

6

초라한 내 인생을 돌이켜 보면
이 세상에 참 삶을 살았는지
나 자신은 작았지만
삶들을 나눌수 있었던 이웃들이
눈물겹도록 인애스러워져 있고
바보처럼 어리석은 사람을
다정히 지켜 주었던 사람들이
참 고마워 보였습니다
그러나 아직 작별의
마지막 인사는 남겨 두었습니다
어떻게 모두 감사해야 하는지를
깨닫지 못했기 때문인 것 같습니다

7

도시의 회색 하늘을 지나
나즈막한 숲속에서도
산새들의 애처러운 곡조의
지저귐이 들리고
이름 모를 작은 풀꽃들도
슬피우는 듯
꽃머리들이 져있을때
이미 해는 서산에 걸려
어두움이 사방에 깔려옵니다

8

이제 이 세상에서는
마지막 작별의 인사를
어머님 품속같은
저 산속에 기대어
또 한 세상이 끝나버리는 듯
영원에서
영원으로
영원히 돌아가야 합니다
그리고 이 세상 사람들에게는
고맙고 감사한 작별의 인사로
머리를 숙여 절 드리옵니다

9

아!
사랑하는 어머니
사랑해 주시던 어머님
지나온 세상에서의
인간 인생 삶들이
심히 어리석었다고
허물하지 마시고
그 눈물어린 기억처럼
다시 한번만 더
품어 주시옵소서
사랑하는 어머니
사랑하는 어머님이시여!

♣ 본 詩는 1993년도 이 땅에 삶의 보답으로 발간되어졌던 교양집 『太和江』
제 4집에 발표 수록되어 있음.

제 3 장

어머니의 꽃

Mother Flower

사랑하는 어머니

이 고운꽃
어머니에게 드립니다

수련꽃

잔잔한 물위에 꽃피운
하얀색 수련화처럼
숭고하고 거룩하신 어머니
귀하게 이루어 주신 생명
더럽이지 아니 하고저
주야로 묵상합니다
그러나 돌아보면
언제나 쫓긴자처럼
삶을 노래하였지만
나의 우둔함이 창대 같아
다만 송구하여 부끄럽나이다
그래도 원하옵건데 항상 깨어
묵상하게 일깨워 주시옵소서

박꽃

지금도
문 열고 들어설 것 같은
어머니
오늘 아침 박꽃이
청초한 눈웃음으로
고웁게 피워 올렸습니다

어머님이 품어 이루어 주신 듯
지금 저 꽃들이 당신님을 닮아서
하얗게 순결하여
참 거룩해 보입니다

수국꽃

넓은 잎 둥근 꽃
저혼자 외로이 피워올려
소담스레 웃고 있네
젊어서 홀로 된
어머님 말씀으로
형제 꽃이라 이름짓고
너희도 저처럼
둥글게 포용하며
살라하신 뜻
서럽게도 가셨지만
교훈(敎訓)처럼 살고저
날로 희망 속에 피는
꽃

형제 꽃

1

어머니 산소에
형제 꽃 수국
예쁘게 피워 올렸습니다
지금
산천이 푸른 칠월입니다만
가신 뒤론 되옵이 없습니다

2

어머니 가신지도
올해로 오십년 해입니다
험한 세상 외롭지만
서러운 생각은
왜 떠나지 않나요
무정한 세월
무심한 세월

3

당신님은 떠나 계셔도
보이지 않는 손으로
남몰래 키워 주시는
어머님 손자 손녀들
쑥쑥 잘 자라고 있어
때때로 우리 할머니
애절히 그리워 하는
눈물같은 꽃이랍니다

어머니 꽃

아침 해(太陽)
중천에 떠 있어도
꼭 다문 꽃잎 보시고
목말라 한다며
물 뿌려주신 어머님
당신님은 갔어도
올해도 예쁜 꽃
고웁게 피워 물었습니다
나는 마음속으로
어머니 꽃이라
이름지어 두었습니다

약손

싸리나무 뒤뜰로
허리굽은 어머님
토마토 · 오이
푸성귀가 싱싱하게
어머님 약손으로
초록초록 했지요
붉으스레 푸레스레한 토마토
치맛자락에 문질러
한입씩 썰어 주시던 미소짐
지금도 눈가에
맺히게 하는 것은
마른 눈물이 아닌
보고픔입니다

감꽃 향기

1

하얗게 작은 꽃
젊어서 혼자피신
어머니 꽃
저만치 앞서 떠나가신
아버지 생각
밤으로 자식들 연민에 쌓여
잠못 이루시는 까닭은
차마 말못하시고
저고리 고름 여미웁는 미소짐

2

너희도 포부를 품어
감꽃 향기처럼
은은히 퍼지게 하렴
기원하신 교훈(敎訓)
이제 깨닫는 눈물같이 서러운
꽃

얼굴

1

반달로 떠서도
둥근 달 같은 어머님
윤달이 드는 올해는
유달리 과실이 넉넉합니다

햇과일 한바구니 내다놓은
주름져진 아내 얼굴에
뭉클한 당신님 그리움
눈물이 핑하니 돌았습니다

2

빨간 사과 한입물고
손잡고 따라 나서던
어린날이 엊그제 같은데
잠 몇밤 자고 나온것 같습니다
벌써 한세상을 돌아온듯
거울앞에 비쳐진
백발된 얼굴모습
세월은 진리입니다만
어머님 뵈옵기는 송구하여
부끄럼 감춘답니다

꿈

1

간밤에 꿈으로
어머님 오셨습니다
다정하시고 인자하셨던
그 모습으로

생전과 같이
야위고 얼굴진 뺨을
어루만져 주셨습니다
그 손은 따뜻하였습니다

2

그런데 무엇이라고
말씀 하셨습니까
꿈속에서는
잘 들리지 않았습니다

그러나 좀 자주 오십시요
생전에는 뵙지 못한 손자 손녀들
우리 할머니라고 그리며
내내 기다린답니다

할미꽃

1

외로운 할머니
잊혀진 공동묘지에
가버린 님 기다리다
저 혼자 피운
고와도 서러운 할미꽃
지팡이도 없이
번지없는 묘집 지키며
세상의 삶들을
또 굽어보고 서 있다가
저 혼자 지쳐 피우는
눈물같이 서러운
할미꽃

목련꽃

1

님이시여 지금 어디쯤 오시나요
함박웃음 머금은 목련꽃도
그새 푸른 잎새들을 달려고 해요
하얀꽃 목련이 개화하면
그대 오시는가 마중했는데
꽃향기만 날릴뿐 아니오셨지요
꽃은 온 산천으로 흐드러지게 피웠는데
화신(花神)들과 그 요정들도 나를 가두어 놓고
멀어져 가신 뜻은 아니라고 말하려해요

한여름 밤의 변고

1

봄은 정절(精節)의
꽃들을 피워놓고
한밤중에 바람따라
저모르게 떠나버렸네

2

잠결에 남겨진 요정들은
갈곳을 잃어버려
먼 하늘만 바라보다가
하나둘씩 죽은 자의
영혼곁으로 떠나가네

3

그날밤 화신(花神)들도 놀라서
남은 요정들을
무등태워 안고
본향(本鄕)으로 돌아갔다네

나비들도 놀라 날개
접이를 정지하였고
벌들도 날개 짓을
멈추어 버렸다
나는 아직도 내 귓가에로
요정들의 울엉소리가 들리네

제 4 장

인 생

The Human Life

진리를 찾아서

단 한번의 생명

진리를 찾아서

1

참 아름답고 눈부신
이 거룩한 세상에
나는 어느 곳에서 왔다가
어디로 가는 것인지
아무도 말할수 없다네
다만 나의 사고(思考)에서는
인간은 창조주가 점지하여 주셨고
인생은 어머니가 이루셨는데
나는 아직도 참 삶을 향유하지 못하고
방황하고 있는 것은 아닌지
우둔하고 어리석은 늪속은 아닌지
인간 인생은 너무 어렵다는
이 모호함의 번뇌는 무엇일까!

잃어버린 세월

1

아름다운 이 세상에서
어머니로 오시어
저들을 밝혀 놓으시고
푸르던 삶들이 엊그제 같은
기억속에 있는데
벌써 못 오실 길
홀연히 떠나 가시니
애틋한 삶들
무심한 세월
참으로 서러워져 있습니다

2

일제 삼십육년
빼앗긴 고난의 시절에도
오직 맨몸으로 견디어 내신
당신님의 뜨거운 모성애
육이오 동족상잔의 격동기에도
결코 흐트러짐 없이
분연히 지켜주신 이 목숨
저들에게 보여주신 크신 교훈
어머니의 뜨거운 삶이었습니다

3

이제 저편 기억으로만 남은
어머니
어저께는
벌써 한 세상이 저물어 버린
안타까운 당신님 나라였습니다

해저문 저녁 날
오늘은 그 품속에 그리워
문열고 나서면
달님도 눈물 흘리는 듯
구름들도 슬퍼져 있고
지나치는 바람에도
백발된 머리가 날리웁니다

고향

One's Home

내 고향은
어머님입니다

어머니 고향

1

지금은 하늘나라로 떠나신
어머님 고향을
차가운 계절이 지나고
꽃피는 계절엔
또 가보아야 하겠네

가는 길에 아버지 고향엔
누가 살고 있는지
이모님 고모님도 계셨던
그리운 그곳을
날 저물기전 가봐야 하겠네

2

지금은 모두가 떠나서
금생에는 다시 못만나고
또 오갈수 없는 우리 시간들
생각만 해도 그립고 서러워
눈동자가 아리어오네

이제 날도 저물어가니
더 어둡기전에
그리운 그곳을
다시 가봐야 하겠네
아!
작은 바람에도 백발만 날리우네

달의 노래

1

어머니
달이 너무 밝아
평상에 마주 앉은듯
기억을 담아냅니다

달이 뜨고 달이 지는 사유를
소담스레 들려주신
그 평범한 진리를
그때는 알지 못했습니다

2

달님은 오늘도 뜨고
내일도 비추이는데
이제 깨닫는 우둔함에
불효의 눈물이 납니다

어머니
어머님
어디로 가면 어느 곳에서
다시 만날 수가 있겠습니까

우리 인간 인생이 너무 무력합니다

남원에서

1

전라도 남원 인월리(仁月里)
여기서는 천리(千里)길
당신님이 나시고 살던 그곳에는

지나치는 아해도
당신님 어린 나라 같았고
마주치는 아낙네도
당신님을 닮은 듯
발걸음 멈추어 서서
멍하니 뒷모습 쳐다보았습니다

2

지팡이 짚은 할머니도
어머님 나라
당신님 모습이였습니다

잘 익은 보리밭 사이에도
열무밭 고랑이에도
당신님은 앉아 계셨습니다

지나는 바람결에도
당신님 분 냄새가 스쳐 지나가는네
이제 생전에는 못뵈올님
돌아오는 길은 슬픔에 겨워 있어도
어머님은 언제나 마음의 고향입니다

수몰된 고향

1

인간의 고향은 어머님입네다
인생의 고향은 마음에도 있습네다
몇십대로 살아온 고향네
수몰되어 다시는 아니도 있습네다

흙으로 지은 집들도
초롱히 떨리우던
내 아해때의 기억도
꿈이 있던 분교 학교도
물로 모두 덮어짐네다

2

살부비며 뜨거운 애착들로
살아온 나날의 고향네 집
리어카에 짐 싣고
소몰고 나오시는 어머님

철이된 가시네 눈물로
절대로 뒤돌아 보면
소금바위 된다 했지만
자꾸 자꾸 돌아다 뵈는
고향네 집은
벌써 눈물 바다로
변하여 있었습네다
그리고 또
고향도 아니있었습네다

환상 (幻想)

1

눈 덮힌 하얀 묘지는 처음이였습니다
봉분위 하얀눈은
어머니 흰머리 같아
이제 눈이 그만 내려도 되는데
나는 마음이 또 조렸습니다

생전에도 그러하셨듯이
이렇게 눈이 많이도 오는데
뭐하러왔나 하시며
어서 돌아가라 하심 일러놓고
서성거리는 자식 걱정에
먼저 사라져 가시는
어머님

2

이제 불초 소생의
머리카락도 눈처럼 희어져 오는데
어머님 노래는 불러도
시작도 끝도 없습니다

돌아오는 길에서
어머니와 눈사람 만든 때가 생각나
눈밭에 주저 앉아
어머니 눈사람 만들어 놓고
한동안 이야기 나누었지요
어머니 어머님 보고 싶어요

새벽밥

1

창밖은 아직도 어두운데
잡나무 아궁이 속으로
새벽밥 지펴 올리던 어머니
눈비비고 부엌문 밀치면
희뿌연 연기속에
어둑히 앉아 계시던 모습
메케한 연기속이
차마 고통스러워도
당연한 삶이라 감래하시고
당신님 건강은 돌보지 않으시며
희생하여 주신 은혜
불효하여 그땐 도무지 몰랐습니다

2

이제는 세월만 버리고
하늘 세상에 떠나 계시니
태산인들 그 은공에
비유하겠습니까
어머니
어머님
너무 일찍 떠나 가시니
그리웁고 서럽습니다
어머니 보고 싶어요!

인월리 (仁月里) 에서

1

지금은 당신님 세상에서
한(恨) 많은 번뇌를 벗어두고
영원히 영면(永眠)하신 님이시여
저들의 삶이 분주해 있어도
때때로 무겁도록
그리워져 있습니다

방문 열고 들어설것 같고
눈뜨면 마주칠것 같은
당신님 눈웃음들
아직도 믿기지 않아
그대로 가슴속에 있습니다

2

이제 생전에는 죽어도 못잊힐
당신님의 은애들에
인월리(仁月里) 가는 길은
우리들 어린날처럼
팔월의 풀꽃들로
초록이 한창이였습니다

어머님 묘집 앞으로
실가지친 감나무에도
새 순 키워 냈고
향나무 가시풀 조차
반갑다고 사운거릴때
생전에 모습 그려졌습니다

3

그러나
지금은 못오시는 길
홀연히 떠나 가시니
우리들 가슴엔 아직도
안타깝고 서러워서
그대로
사무쳐져 있습니다

이모님 얼굴

1

물미역 보쌈하여
아내따라 이모집엘 간다
아해들 손잡음
내 기억의 유년(幼年)같고
아내 여민 옷고름 고와서
어머니 같아라

눈에 선한 미소짐
이모님 얼굴
아해들 히히 헤헤
어린나라의 내 동생들 같았고
누굴 누굴 호박떡
손 바닥에서 춤출때
내 어린 나라의 어머님 같아라

보름달

1

오늘이 만조(滿潮)라
저 보름달이
더 크고 아름답습니다
생전에 동산으로
함께 마중했던 기억에
커텐을 열어 두었습니다

저 대보름달은
당신님 어린나라도 비추고
과실이 익어가는
들녘을 비추고 있습니다
그러나 저보름달은 어머님 같이
큰방 작은 방에도
넉넉히오시어 계십니다

목소리

당신님을 꿈꾼 날
다정한 목소리를 듣습니다
마치 생시와 같은 기억으로

창밖에 떠있는 둥근 달 속에서도
잔잔히 흐르는 강물 속에서도
바람에 흔들려 우는 소나무 위해서도
당신님은 미소짓고 계십니다

이렇듯 아직도 가슴속에 사무쳐 있는데
사람들은 죽으면 떠난다고 말하는지
차마 믿기지 않아 날밤마다 불러 본답니다

어머니 어머니 보고 싶어요

제 5 장

하늘 강으로 떠나가는 배

(요단강 건너가 만나리)

창조주의
부르심에 몸은 떠나가셔도

마음은 영원히 떠나지 아니하게
항상 묵상하며 기도합니다

아! 어머님

1

어머님 부음(訃音) 받고
갈길은 천리(千里)길인데
눈(目)은 멀고
발목조차 굳어져
발걸음 재촉치 못했습니다

2

달리던 택시도
하늘이 무너져 내린듯
산(山)길도 막아서고
저 강(江)물도 터진듯
물살도 미쳐
마음만 둥둥거렸습니다

3

땅도 진동하듯
울퉁불퉁 거렸고
입술이 굳어져 말문은 막히고
오금까지 조렸습니다
얼굴을 타고 흐르는 눈물에
눈만 감길 뿐이였습니다

4

어둠이 깔렸던
밤을 지나 새벽녘에
끝내 눈 못 감으시고
떠나가셨다는 말씀듣고
불효불충 설움에 겨워
마음으로부터 복받침의 눈물은
가눌수 없었습니다.

5

영원히 영면(永眠)하시여
관(棺)속에 잠드신 어미니
어머님 얼굴 모습은
낳으시고 기르신 때가
엊그제 같은
기억속에 있는데
창백하고 싸늘히 식으신
나의 님이여
어머님이시여
이것이 죽음
죽음이였습니까

6

살아 생전엔
멀리 떨어져
자식 걱정에
젊어 홀로되신 어머님
당신님께서는 자식들 생각에
늙으시는 줄도 모르고
고웁던 머리카락 백발이 되시여
저들 용기 잃을까
검은 염색물로 숨기우시고
밝게 미소 주시던 그 모습들
어머니
당신님 은애이였습니다

7

어머니 생각에
한(恨) 많은 세상을
어쩌면 좋을까 하여
날 모르게 지샌 밤이
너무나 안타깝고 서러워
장가들면 편히 모셔야지
마음은 먹고
또 다짐해 두었는데
벌써 세상을 돌아 떠나 가시니
이 나의 미련한 불효함에
어리석은 죄인입니다

8

불효한 상주되어
함께 할 수 있었던
마지막 삼일간을
감사와 용서조차
모두 고해하지 못하고
또 헛되이 보내고 만듯이
불충한 후회
태산보다 높은 수미산 같아
내 우둔함이 너무 큽니다

9

한(恨) 많은 사람은
한이나 줄고 가시라고
꽃상여에 태워 드린다든데
꽃상녀에 모시지도 못하고
덜커덩 거리던
길천리(吉川里) 산길은
저들이 죄업이 많아
눈물바다였습니다

10

공원묘지(墓地)로 달리는
장의 버스
차창가로 비쳐진 산천은
녹음방초 그대로인데
어머니만 떠나가시니
내 눈(目)은
님에 취하여
색상을 잃어 버렸습니다

11

쓸쓸한 골짜기
공원묘지 거기
하늘은 어둑 컴컴히
비구름은 해를 가렸고
까악 까악 까막새 무리들도
인간들의 슬픔을
위로라도 하려는 듯이
뭐 잿상 뒤에라도
주워먹겠다고 까악까악
까막새 춤추고 있었습니다

12

하관식(下棺式)을 알리고
당신님 관은 차가운
땅속으로 내려질때
생전에는 다시 또 못 뵈올님
어머니
어머님이시여
뜨거운 눈물이 앞을 가려
머리가 돌고 그냥 미쳐도
좋을 것만 같았습니다

13

아아
말로서는 형언할 수 없는
작별의 뜨거운 마음이
마지막 흙을 덮어
하관식이 끝날때
나의 심장은 멎는듯
정지된 만감의 감정은
생명
생과 사의 무상(無常)함을
고뇌케 하였습니다

14

나의 꿈이요
나의 이상이
한꺼번에 사라져
영원속으로 떠나 버리는
깊은 허탈감을
뼛속까지 느끼며
이제 어머니를 잃어버린
불효한 죄인이라
도무지 몸을 가눌수가 없었습니다
나는 마음이 너무 조려
체념이 되지 않고
깊은 복받침에 가슴만 저미었습니다

15

장례를 끝내고 돌아오는 길은
당신님만 남겨두고 오는 죄책감으로
아름다운 이 세상에서
제일 큰 사랑을
한번에 잃어버린
안타까운 서러움에
하늘도 어둑 컴컴히
잿빛으로 변하여 있었습니다

16

당신님 묘집을 뒤로하여 오는 길도
되돌아 보이는 마음들
어쩌면 좋을까
어쩌면 좋을까
사랑 사랑을 잃어버린
죄인처럼
마음만 동동거렸습니다
세상도 예전같지 않고
하늘도 온통 하얀색으로만
변하여 보였습니다

17

사랑하는 님이시여
사랑했던 님이시여
이 두렵고 무서운
죽음
죽음이 무엇이였습니까

18

한세상
살붙이로 살아온
지난 삶들이
이제 벌써
저편 회상의 언덕에서
기억으로만 남았으니
생전에는 죽어도
차마 아니 잊힐 일들입니다

19

아!
사랑하는 어머니
사랑하는 어머니
이 세상 천지에
어머님 사랑만큼 크시고
아름다운 것이
또 어디에 있겠습니까

20

마음속엔
아직도 믿어지지 않은채
어설픈 삼우제
세상은 예전과 같지 않고
낯설기만 하든 공원묘지는
낯설지 않기 시작했습니다
그리고 여기에도 당신님이 계시니
공동묘지도 무섭지 않았습니다
무언가 여기도 조금은 덜 두려웠습니다
아! 이 오묘한 모호함이여!

21

어머니
당신님께서는 저들과
정땜이라도 하시듯이
한마디 대답도 없었습니다
세월이 살같이 빠른
그 무서운 일년은
삶과 죽음의 의미를 넘나드는
고독으로 사고(思考)하며
모두를 모든것을
내것으로 감래하여
깊고 파아란 상처까지도
이제 사랑하기 시작했습니다

22

사랑하는 어머님
저들이 함께 하는 기일(忌日)때면
당신님 노래 부르며
꿈에서라도 뵙고픈 마음으로
날 밤이 지새기를
수십년이 지났으나
꿈에서 조차
어머님 모습은 만날수가 없으니
뵙고픈 그리움이
나이들어 더하오니
불효의 마음이 떠나지 않습니다

23

사랑하는 님이시여
사랑하는 님이시여
꿈속에서라도
한번씩 다녀가세요
손자손녀들
우리 할머니 그리는 날
보여 주고 들려 주어야 하는데
그러나 어른이 된 이놈이
먼저 뵙고 싶어
충혈된 눈시울 보일까봐
멍하니 부끄럼 감춘답니다

24

아!
사랑하는 어머니
사랑하는 어머님
귀천(歸天) 하시면
구천(九泉)이 그렇게 머시나이까?
부디 편히 영면(永眠)하시옵소서

생명의 노래

1

일천구백오십년
이월오일삼경
진통의 산고(産苦)끝에
이 생명 받은 날입니다

생전에는 잊고도 아니하고
아니 잊고도 못한 보은(報恩)
우둔한 어리석음들이였습니다

이제는 차마
감내하지 못하는 불효불충
마음으로는 도무지 삭힐 수 없습니다

2

사랑하는 어머님
귀히 이루어 주신 생명
숭고한 당신님처럼 살게 하소서

당신님의 크신 은애(恩愛)
벌써 한 세상을 돌아
석양놀에 걸렸습니다

사랑하는 어머니
사랑하는 어머님
은공의 큰 절 받으소서

제 6 장

회상(回想)의 언덕에서

The Hill Remember

어머니

하늘 향해 불러도
이 광활한 우주공간에
내 울음만 비켜갈뿐
메아리도 돌아오지 않았습니다

무지개를 찾아서

삶이란 기억의 숲에서
나는 너무 많은 것을 잃어버렸다
사랑의 추억과 인생이란 기억도

그러나 잃어버렸기 때문에
지금 이 영롱한 일곱 빛깔의
무지개 꿈을 꿀 수 있었겠지

걷잡을 수 없는 시간의 쓰나미는
긴 삶들을 너무나 짧게
허허로이 망각시켜 버렸네

그러나 나는 아직도 밤마다
잃어버린 기억의 숲으로
무지개 꿈을 찾아가고 있다네

추석 그 영원한 그리움

1

보름달이 하도 밝아
평상에 마주 앉아
소담스레히 들려주신 말씀
새록한 기억속에 있습니다
지나온 삶들은
불효함만 가득하온데
당신님은 도무지 늙어시는 줄도 모르고
홀연히 떠나 가신
그 안타까운 세월들

2

이제는 살아서도 죽어져도
다 못 갚을 은혜
그 깊고 무서운 은공(恩功)들
이제 까닫는 부끄러움입니다
그래서 헛되지 않는 인생
언제나 열심한 삶들을
인간으로 **살도록** 심애하렵니다
보고싶은 어머니
어머님이시여!

편편산조(片片散調)

1) 약손

싸리나무 뒤뜰에 허리 굽은 어머님
푸성귀 약손으로 초록초록 고운데
눈감아도 서러운 것은 그리움입니다

2) 수국꽃

넓은 잎 둥근 꽃 저 혼자 피워 소담스레 웃고 있네
젊어서 어머님 말씀으로 형제 꽃이라 이름짓고
너희도 저처럼 둥글게 포용하며 살라하신 꽃

3) 호박꽃

호박꽃 유월에 흰나비도 한 잠 졸다 가고
잡나무 연기 보리밥 지펴올리던
고웁디 고운 흰 저고리 어머님 꽃이여

4) 감꽃

하얗게 작은 꽃잎 젊어서 흰머리카락 어머님
저만치 앞서 떠나신 아버님 생각에 잠 못 드시는 밤
너희도 포부를 품어 은은히 퍼지게 기원하신 꽃

5) 이모님

물미역 보쌈 하여
이모님 집엘 간다
아해들 손잡음 기억의 유년 같고
아내 여민 옷고름 어머님 같아라고

6) 고향 꿈

때로는 한밤중에 아해 처럼 고향엘 간다
언젠가는 간다하고 떠나온 지 수삼 십 년
나중에 고향 가 살다 죽으리 해도 마음 뿐이네

7) 세월

고향에서 죽마고우 흰머리카락에 주름살
저는 염색물로 숨겨 새치라 하지만
안으로 삭힌 삶들 세월은 무심하여라

8) 인생

어떻게 와서 무엇으로 떠나는 것이
인생이라고 아무도 말하지 못할진대
누가 보았소 누가 찾아소 인생이라는 것을

9) 부처님

푸른 산 맑은 물 수정같이 흐르고
하늘 받쳐든 나무들 부처님 같이 공양도 잊었는데
석양은 황악산에 걸려 나를 놓아주지 않네

10) 속죄

다람쥐 저녁 준비에
해는 서산으로 지고 있고
이름 모를 새떼들
그 특색의 지저귐으로
형제 불러 모울때
고뇌스러운 봄 받치오니
등잔기름으로나 쓰소서
오
거룩하신 창조주이시여!

님의 얼굴

1

버들잎새 같은 두눈썹과
붉으스레한 양볼은
복사꽃잎 같아라
언제나 미소지어 주시는 그모습
하얀 목련꽃이였습니다
동백기름으로 단장하여
고웁던 머리카락
그새 희끗희끗
은발이 날리우시네

2

어여쁘신 손발
자식때문에 젖어 있으며
그 고우신 손발은
얼마나 많은 일을 하셨으면
붓기가 빠지지 않으셨나이까
당신 몸은 언제나 부어 있었는데
자식들 걱정할까바
그 아픔 숨기려고
내색도 안하신 어머니

3

오직
몸으로 감추신 그 모습들
지금 생각하면
송구하고 죄송하여
몸서리 쳐지는듯
서러운 눈물만 납니다
오
붙잡을수 없는 육신
야속한 세월이 미워도
어머니 너무 보고 싶어요
그래서 기도합니다

사랑하는 어머니

너무 보고싶어 그냥 기도합니다

내 생명은 얼마나 남았을까

1

단 한번 밖에
허락받지 못한
인간 생명이여
지금 나는 어디쯤왔을까
삶은 얼마나 남았을까
세상을 얼마나 사랑했으며
사랑할 날은
또 얼마나 남았을까

2

인생의 삶들도
사랑의 날들도
희망속에 있었건만
아직도 꽃이란 꽃은
채 피우지도 못했는데
벌써 이 초라한 삶들도
되돌아보이는 자리에 있는가
무정한 인생살이
무심한 세월아

3

이 찬란하고 누부신
아름다운 세상에서
사랑받고 사랑했던 사람들
더 많이 사랑하고
더 많이 나누고
베풀어야 했는데
나는 언제나 부족했었다
나눔도 베풂도 사랑까지도

4

이제 사랑할 수 있는 날들은
얼마나 남아 있을까
이제 살며 나눌수 있는 생명은
얼마나 남아 있을까
고뇌스러운 마음
번뇌스러운 생각에
밤의 시간들이 무서웁네

5

사랑하지 않았기 때문에
나눔을 베풀지 못했기 때문에
더 가슴아파했고
마음이 저미고 졸였는지 모른다

그래서 더 후회하며
미치도록 방황하고
자신을 용서하지 못하여
고뇌스러하는지 모르겠다

6

아 못믿을 삶이여
내 인생의 생명은
진실로 이런것이 아니였는데
내가 받은 인간의 모습도
이런 것이 아니였는데
하얗게 꽉찬 머리 안고
낙엽들 무리처럼 뒹굴고 있나
그래서 이제 진실로 참회하련다

7

아 아 마음이여
이제라도 나누면 될까
이제라도 사랑하면 될까
이제라도 마음의 문을 열면 될까
아니야 이미 늦었을꺼야
속절없는 자문자답으로
진정으로 번뇌스러운
수많은 밤이 지나간다

8

오 전지전능 하시고 거룩하신
창조주님이시여
이 초라한 자를 책망하여 주시고
이 부족한 자의 생명을
다만 긍휼히 여기시여
인간 인생으로 왔다 감을
감사하게 받아들이게
소원하여 주시옵소서
나의 참회를 열납받아주시옵소서

창조주
여호와 하나님

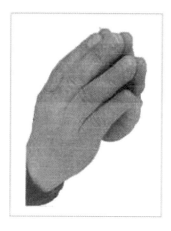

이 초라한 쫓긴자의 생명
내 기도를 들어주시옵소서

내 기도를 들어주소서

1

오오 거룩하신 님이시여
언제나 파아란 하늘로
눈부시게 하시더니
오늘은 회색으로 채색하셨나이다
이제 안식의 밤은 깊어...
명상의 자리에 들면
벌써 고뇌에 찬 자리에 섰나이다

2

더러는 외롭고 번뇌스러운
자리에 서게 하시어
고통과 시련을 알게 하시고
때로는 아름답고 즐거운
만감까지 허락하시어
새 날을 맞게 하시고
신세계까지 보여 주신 은혜
다만 두손 높이 들어
찬양 올리고저 하나이다

3

캄캄한 밤으로 부터
환한 하늘색 날개 빛으로
새날을 열어 예비케 하시니
부족하고 어리석은 인생은
초라하고 부끄러워
감사의 눈물은 닦아도
뜨겁게 참회로 흐르나이다

4

이제 새로운 생을 열어주시는
살들의 자리 앞에서
지나온 회고와 늙음의 시작이
결코 되지 아니하게 하시고
더욱 육신의 불균형한 물질의
노예가 되지 않게 하시옵고
뜨거운 새날을 맞는 시작의 날로
감화의 삶도 허락 하소서

5

그리하여 종의 기쁨도 알게 하시고
초라한 가슴을 바라보지만 말고
채워줄줄 아는 그런 종으로 살게 하시며
믿음과 사랑을 나누게도 하시어
새로운 인생도
뜨거운 열정의 삶도
거룩한 감동으로 허락하소서

6

그리하여 다시 능력을 허락 하실때까지
모두를 위하여 일하게 하시며
나눔의 사랑을 실천하게 하소서
이 생명이 거룩한 님의 섭리대로
지어져 살다가 때가되면
거두어 주심도 허락하소서
당신의 이름으로 감히 소원하나이다

묵상

님께서
들려주신 말씀
아름다운 이 세상을
참되게 살려면
얼굴은 가리고
마음으로 살라하신 교훈
아직도 깨닫지 못하는
우둔한 부끄러움입니다
인생이란
백년도 못가옵는
나그네 길에서
천년 만년의 번뇌까지
짊어진 채로 있나이다
님이시여
이제라도 만욕을 벗어 버리고
항상 깨어 묵상하게 하소서

189

인생 저 혼자 오는 것을

어떻게 왔다가
어디로 가는 것이
人生이라고
아무도 말하지 못할진데
누가 보았소
누가 찾았소
人生이라는 것을
때로는 한 밤 중에
어머니 등에서
업히운 채로
할머니 정다운
손으로 오는 것인가
그러나 人生은
저 혼자 오고
저 혼자 가더이다

어머니와의

천 륜

그 인연
감사하여 기도합니다

天江 **최 상 고 약력**

CHOI SANG GO Profile

2020 **최상고** Printing

천 강 최 상 고 (시인칼럼니스트) poet/columnist

【약력】 brief
- 울산대학교 경영대학원　　　[최고경영자 과정]
- 울산 시민대학 지도교수 역임 [사회교육학과]
- 미국 솔로몬대학교 석좌교수 [문예창작학과]
- 명예 문학박사　　　　　　　[미국 국제신학대학교]
- 명예 교육학박사　　　　　　[미국 솔로몬대학교]

【주요 논문】 importance treatise
- 화훼 산업화를 통한 대한민국 국가 경쟁력 향상 방안에 관한 연구
- [독도]는 대한민국의 영토로서 역사적 주권지배 사실과
  기록 인증에 관한 연구
- 대한민국 꽃놀이 문화 제정과 보급에 관한 연구
- 노령화로 가는 사회의 노인생활 대책에 관한 연구
- 자살 방지 대책과 예방에 관한 연구
- 통일신라 시대의 [처용가]와 현대詩 [처용의 노래] 비교분석 연구

【주요 작품】 importance literary
- 축시 『대한민국 환타지아』
- 축시 『독도 환상곡』
  축시 『통일 아리랑』
- 축시 『88 서울올림픽』 KBS 1TV 축시 방송
- 축시 『조국에 영광을』 월드컵 축시 스포츠서울신문 발표
- 교향시 『태화강의 노래』 및 『처용의 노래』 발표
- 오페라 『태화강 사람들』 발표
  뮤지컬 『통일 아리랑』 발표
  회곡 『the Hero』 영화제작 시나리오
  회곡 『태화강 사람들』 울산타임즈 신문 연속 연재발표 『뮤지컬 작품용』
  조국통일 기원 국토 대 순례 및 조죽통일 기원 시집 『조국통일』 발표

【경력】 career
- 국제PEN 클럽 회원
- 한국 문인협회 회원
  한국 시인협회 회원
- 에덴 복음선교회 대표
- EDDS 건립위원회 대표
- 에덴동산 어머니 회 대표
- 한국 문화예술영상사업단 대표이사

【사회단체 경력】 society History

- 『시와 수필』 편집위원장
- 『태화강』 편집인 및 발행인
- 울산타임즈 신문 편집위원
- 처용문학회 회장/고문
- 천강문원 『대진출판사』 대표이사
- 재울 통영 『충무, 거제도』 향우회 회장 역임
- 울산대학교 경영대학원 최고위과정 19기 회장 역임
- 국제 라이온스협회 처용클럽 수석부회장 역임
- 국제 로타리협회 경주클럽 국제 봉사위원장 역임

【수상】 winning

- 세계 계관시인 통일문학상, 김동명 초허문학상, 김만중 서포문학상, 한.중.일 문화예술대상, 아태문화예술대상, 세계문화예술대상, 정부 표창 및 사회단체 감사장등 50여회 수상
- 한국현대문학 100주년기념 문학상 수상
- 중국 문화예술 공훈상 수상
- 대한민국 봉사대상 수상

【기타】 the others

1) 시집 『조국통일』 미국 하버드 대학교, 러시아 『모스코바』 대학교 각각 봉정
2) 국립 중앙도서관, 서울대학교 도서관, 모스코바대학교 도서관, 하바드대학교 도서관, 울산대학교 도서관등에서 최상고로 검색됨
3) 인터넷 핫라인 연결 『한국문학도서관, 건국대학교, 대전대학교, 동명정보대학, 극동정보대학교, 동원대학교, 성남고등학교』 등에서 최상고로 검색됨
4) 인터넷 야후, 다음, 네이브, 구글, 엠파스, 심마니등 전 검색 엔진에서 최상고로 검색됨
5) 인터넷, 블로그, 카페, 페이스북, 트위트 등에서 칼럼, 성명서, 시 작품등 8천여편 발표
6) 결혼식 1,000회 이상 주례집전

천강 최상고 저서

시집 『사랑』
시집 『나를 부르는 소리』
시집 『수국꽃 기억』
시집 『사랑하는 나의 님이시여』
시집 『영원의 목소리』
시집 『무엇이 되어 다시 만나랴』
시집 『사랑의 자유』
시집 『추억에 관한 짧은 필름』
시집 『사람이 그리운 날』
시집 『애타는 그대 마음』
시집 『조국통일』
시집 『이 세상 나그네 길에서』
시집 『사랑 그 영원한 노스텔지어』
시집 『생명의 불씨』
시집 『별이된 사람들』
시집 『지금 그대 모습처럼』
시집 『이 영원을 그대에게』
시집 『아름다운 이 세상에서』
시집 『인생』

대서사시집 『사랑하는 어머니에게』
대서사시집 『천지창조』
대서사시집 『인간창조』
영상시집 『CD, VDO, e—book등 17종』

천강 최상고 저서

수상집 『영원한 사랑』
수상집 『죽음과 영생』
수상집 『님의 등불』
수필집 『청춘과 사랑』
수필집 『영원한 은혜』
수필집 『사랑의 향기』
수필집 『나의 꿈 나의 인생』
수필집 『이 사랑 영원히 그대에게』
수필집 『나를 살리신 님이시여』
소설집 『사랑하는 어머님』
소설집 『회상』
번역집 『아기와의 이야기』 태교서
번역집 『요료법의 기적』 공동번역서
편역집 『참 진리의 말씀』
희곡집 『사랑하는 어머니』 영화제작 시나리오
희곡집 『THE HERO』 영화제작 시나리오
사상집 『천강 참회록』
철학집 『천강 명상록』
가요집 『지금 그대 모습처럼』 30편 수록
가요집 『희망의 세상에서』 30편 수록
가요집 『붙이지 못한 편지들』 30편 수록
가　곡 『동해, 한국 환타지아, 독도 환상곡,
　　　　 통일 아리랑, 사랑하는어머님,
　　　　 오페라 태화강 등 20여 곡

전지전능하신
창조주 여호와
하나님

나의 소원은
어머니가 부활하여 하늘나라 천국에서
영생화복하여 살게만 축복하여 주시옵소서
아멘

天江 **최 상 고** 작품연보

CHOI SANG GO
Literary Works YEAR

2022 **최상고** Printing

천강 **최상고** 작품연보

1950   父. 최성열, 母. 양인순에서 출생

1965   대학자 김영기 스승에게 『天江』 詩號를 받음

1988   제 1 시집 『사랑』 출간

1988   천강 최상고 시화전 개최

1988   월간 울산상공지 『산업시찰 기행문』 발표

1988   효성그룹 사보지 『산업시찰 기행문』 발표

1988   전국산업시찰 『포항제철, 삼척탄광』 등

1988   국제라이온스클럽 309 울산언양지구 입회

1988   교양지 『태화강』 4×6배판 제1집 발행

1988   교양지 태화강 소설 『회상』 연재 발표

1988   KBS 1TV

        축시 『88 서울올림픽』 축시 방송

1989   재활회보지 창간 초대시

        『농아의 말문은 막힌채로』 발표

1989   울산시민대학 지도교수 임용

1989   KBS 1TV 울산방송국 시집 『사랑』 시작품 방송

1989   울산시민대학 졸업축시 『우리들 이상』 발표

1990   교양지 『太和江』 2집 출간

1990   교양지 『太和江』 희곡 『회상』 2부 발표

1990   박옥석 수상집 『문제없는 문제아』
          초대시 스승님에게외 4편 발표

1990   5인 에세이집 詩 『회상의 언덕』 외
          11편 발표

1991   교양시 서곡 『태화강 노래』 초연발표
          '태화호텔 별관' 울산 YMCA 합창단

1991   울산방어진중학교 동문회 회보 창간 초대
          시 『명상』 발표

1991   처용문학회 창립 고문
          『울산문화』 시 『나를 부르는 소리』 발표

1991   울산대학교 총무 향우회 졸업 축시 『그리
          운 내 고향 충무』 발표

1991   월간지 『새마을』 초대시-「충혼가」 발표

1992   월간지 『풀무원』 초대시-「어미님 약손」 발표

1992   월간지 『금복』 초대시-「곡주」 발표

1992   월간지 시조 초대시

「주여 내 기도를 들어 주소서」 발표

1992   월간지 『새마을』 초대시-「충혼가」 발표

1992   새길확보 초대시 「젊은 그대」 외 2편 발표

1992   성가집 「내 영혼아 하나님을 찬미하라」

시 「당신의 이름 여호아여」 발표

1992   사보지 『태화신협』 창간 초대 축시

「새 화합을 알리는 해야 솟아라」 발표

1992   새 동요곡-「수국꽃 기억」 발표

1992   어린이 찬송가집-시 「성경전서」 발표

1992   충무문협 시화전-시 「소꼽친구」 발표

1992   가곡집 『太和江』 -교향시 「태화강」 발표

1992   제3시집 『수국꽃 기억』 도서출판 책과 벗

출간

1992   희곡 『太和江』 -울산타임즈 신문 연재발표

1992   울산대학교 충무향우회 졸업 축사

「그리운 내 고향 충무」 발표

1992   한국수자원공사 계간지 『물』 초대시 4부작

「만감의 고향」 발표

1992 충무 한산신문 초대시- 「스승님에게」 발표

1992 울산시 치과의사회 회보 초대시- 「이름모를
들꽃」 발표

1992 월간지 「경남문화」 초대시 [조국통일] 발표

1993 울산시민대학 지도교수 임용

1993 「법구경」 「참진리의 말씀」 편역 출판
대진출판사 刊

1993 제4시집 「사랑하는 나의 님이시여」 도서
출판 장원 刊

1993 번역집 「아기와의 이야기」 도서출판 책과
벗 刊

1993 제5시집 「애타는 그대 마음 달랠 수만 있
다면」 도서출판 책과 벗 刊

1993 울산중앙중학교 교지 초대시 「젊은그대」 발표

1993 영남 가곡집 「어머님 생각」 발표

1993 KBS 울산경음악단장 시 「어머님 생각」 작곡 발표

1993 학성여중 초대시 시 「스승님에게」 발표

1993 충무문학 시 「귀천」 외 5편 발표

1993   향토지 태화강 칼럼 「울산광역시 승격」 당위성 발표

1993   울산시민대학 졸업 축시 「우리들 이상」 발표

1993   영천문학 최상고 초대시 시 10편 발표

1993   국립중앙도서관 최상고 출판도서 Net 링크

1993   OASIS 주제 pome music, Net문학 최상고 검색 등록

1993   Life Book 「사람이 그리운 날」 해설

1993   최상고 문학상 제정 「시와 수필 문학사」
        제정자 발행인 강천형

1993   제 1 회 최상고 문학상 시상 「시와 수필 문학사」
        발행인 시인 강천현 부산일보 대강당

1993   교향시 「처용의 노래」 울산예술제 창작시조 발표

1993   향토지 태화강 「사랑하는어머님에게」 발표

1993   교향지 태화강 교향시 「태화강」 발표

1993   309-1지구 라이온스협회 창간 10주년 기념지 축시
        「조국통일」 발표

1993   번역집 「아기와의 이야기」 출간 도서출판 책과 벗

1994   스포츠 서울신문 월드컵 축시 「조국에 영광을」

1994   울산교차로신문 시민 백일장 심사위원장

1994   울산시민의 날 가요제 「처용의 노래」 발표

1994   제 6 시집 「무엇이 되어 다시 만나랴」 학영사 刊

1994   울산문화원 사회교육 분과위원 피선

1995   KBS 어린이 합창단 동요 「안녕안녕」 발표
           CD제작

1995   충무문학 시 「흙무덤」 외 2편 발표

1995   중앙중교지 초대시 「스승님에게」 발표

1995   시대문학 시 「은하수」 외 2편 발표

1995   「이름 모를 들꽃」 김수정 작곡 가곡 발표

1995   통영문학 시 「산사」 외 5편 발표

1995   제주 한라산 문학기행

1996   제7시집 「사랑하는 어머님에게」 대진출판
           사 刊

1996   서라벌 우향김두선집 축시 「불」 발표

1996   민원문제연구소 초대시 「어머님」 발표

1996	통영문협 달아공원 시회전 「사랑하는 어머님」 발표
1996	경남외고 교지 신불산 「젊은그대」 발표
1996	국제신문 詩 「무엇이 되어 다시 만나랴」 발표
1996	통영문학 특집 시 「단 한번의 삶」 발표
1996	시대문학 「그대」 발표
1996	통영예술회관 개관 축시 「무엇이 되어 다시 만나랴」 낭송 발표
1996	전남 해남 보길도 문학기행
1997	울산태화강 축제, 축제의 노래 「태화강」 발표
1997	「太和江」 초연 (울산KBS 경음악단)
1997	울산대학교 경영대학원 입학
1997	태화강 연재 소설 「회상」 3부 연재 발표
1997	울산시민대학 시낭송회 개최
1997	여성생활 시 「조국통일」 발표
1997	통영문학 「영면의 노래」 외 3편 발표
1998	자유문학 「밤에 피는 꽃」 발표
1998	해외 한국문학 중국 심포지엄 참가

1998	제 1차 백두산 문학기행 「만주 고구려 일원」 탐방
1998	통영문학 「고구려 탐방」 기행문 발표
1998	한맥문화 10월호 이 달의 시인 선정
1998	서포 김만중 문학상 수상
1998	자유문학 겨울호 해외문학 「백두산」 기행문 발표
1998	울산대학교 경영대학원 논문발표 「통일신라시대의 처용가와 현대시 처용의 노래 비교 분석」 발표
1998	장녀 최데레사 손자 「김명철」 출생
1999	천강문원 설립(대표이사 취임)
1999	한국, 필리핀 수교 50주년 기념 필리핀 문학 기행 [빌라에스꾸르드,꼬래이도 섬]등 방문
1999	제 9시집 「사람이 그리운 날」 출간 행복한 집 刊
1999	경주 문학 「새 세상을 허락할실 때」 외 2편 발표

1999   경북일보 칼럼 「삶의 가치관」 발표

1999   순수문학 「한라산 풍경」 외 2편 발표

1999   교단문학 「기억필름」 외 1편 발표

1999   통영문학 「나의 조국이여 지금 어디로 가고
        있나이까」 외 1편 발표

1999   통영문학 「필리핀」 문화기행문 발표

2000   조국통일 기원 대한민국 국토대순례

2000   축시 「통일아리랑」 발표

2000   시대문학 「가슴에 남은 언어」 외 1편 발표

2000   한맥문학 「통일아리랑」 외 1편 발표

2000   제10시집 「영원의 목소리」 출판 행복한 집 刊

2000   미국 해외 문학심포지음 참석
        문학기행 「허리우드, 샌프란시스코, 모하비
        사막, 그랜드캐년, 라스베가스」 등

2000   경주시 불국동 「문화예술 박물관 본부건립」
        (대지 1,000평 건평 150평)

2000   제 2차 백두산 문학기행

2000   순수문학 「은발」 발표

2000   경북일보 해돋이 칼럼 「믿음」 발표

2000   월간 『한맥문학』 중앙위원 피선

2000   제 11시집 「조국통일」 천강문원 꿰

2000   모스코바 국제 PEN대회 한국대표 참석

2000   러시아 문학기행 [톨스토이생가, 푸시킨
       박물관, 모스코바, 겨울궁전] 등
       체코, 오스트리아, 헝가리등 문학기행

2001   월간문학 詩「지하역 정류장에서」「모하비
       사막에서」 발표

2001   월간문학 시 「동행」 詩評—리헌석 평론가
       [오늘의 문학 발행인]

2001   한민족 사회집 「조국통일」 외 1편 발표

2001   경주문학 「부다페스트 노천카페」 「성 베쩨르
       부르크에서」 발표

2001   강원삼포문학 초대시 「아카시아 꽃」 외 4편
       발표

2001   난곡 성지월 선생 고희문집 초대시 「조국통일」
       수록 발표

2001	시마을 「기억」 「통일을 알리는 해야 솟아라」 발표
2001	한국작곡가 협회, 부산지회 작곡가 협회 최상고 서시 「통일아리랑」 발표 〈작곡〉 동주대학 김수정 교수 부산금정문화회관 초연
2001	현대시인 시화집 「통일을 알리는 해야 솟아라」 발표
2001	순수문학 「철쭉꽃」 외 1편 발표
2001	한맥문화 「대한동포여」 외 1편 발표
2001	대만 문학기행, 타이페이, 대중, 대남 등 대만 일주
2001	수필문학 초대시 「백두에 이는 바람」 발표
2001	교단문학 「스승님의 은혜」 외 1편 발표
2001	詩와 수필 여름호 최상고(조국통일)시론 시인 대전대학교 박명용 교수
2001	대전대학교 박명용 교수 평론집 「상상의 언어와 질서」 중 최상고 시집 조국통일론 평론 수록

2001 현대시인협회 하계 세미나
시「조국통일」낭송 발표

2001 경북일보 詩「광복절 아침에」발표

2001 문예운동 詩「대한민국 포항시」발표

2001 경주일보 詩「백두산에서, 유채꽃」발표

2001 문예시대 詩「명상」「은하수」「기억」발표

2001 해동문학 詩「나의 조국이여 지금 어디로 가고
있나이까」외 1편 발표

2001 문예운동 가을호 詩「영웅」「전우」발표

2001 제 3회 세계 계관시인 문학상 대상 수상

2001 21세기 교향시집 제10호 시「대한동포여」발표

2001 조흥은행 사보 "조흥광장" 초대시-「기억」발표

2001 참여문학 초대시-「통일을 알리는 해야 솟아라」
외 2편 발표

2001 한국시인협회 2001년도 사화집
"언어의 귀환"중 러시아기행 詩「성 베쩨르
부르크에서」발표

2002 미국 워싱톤 문학 초대시「대한동포여」외
1편 발표

2002   월간 문학 「통일을 알리는 해야 솟아라」 발표

2002   경주예총 초대시 「대한민국 포항시」 발표

2002   삼포문학 초대시 「조국통일」 외 1편 발표

2002   해동문학 이 계절의 시인 초대 「은하수」
       「기억」 「명상」 등의 작품 소개

2002   문예운동 「통일을 알리는 해야 솟아라」 외
       1편 발표

2002   일본나라현 국제로타리 클럽 50주년 초청 방문
       [오오사까. 나라. 하고네(후지산) 동경. 긴자 등
       의 문학기행]

2002   국제 Pen클럽 한국본부 기획분과 위원 피선

2002   한국현대시인 협회 사화집 「이 숨길수 없는
       언어」 중 「어머니」 발표

2002   울산대학교 경영대학원 동문회 회보 「기련」
       지 초대 월드컵 축시 「영광을 조국에」 발표

2002   김영진 시집 "희망이 있으면 음악이 없어도
       춤춘다"
       (천심으로 기도하는 시) 시 작품 서평발표
       김영진 시 서평집 「천심이 바로 효심」 시 서평
       발표

2002 「문학비전」 시 「밤바다」 외 1편 발표

2002 「문학공간」 월드 축시 「조국에 영광을」 발표

2002 한국 시 대사전 최상고 「CHOI SANG GO」
인명등제 대표시 「조국통일」 「전우」 「스승
님께」 「젊은 그대, 명상」 작품 수록

2002 울산 여성신문 초대시 「일기장」 발표

2002 국제 Pen클럽 한국본부 하계 세미나 참가

2002 월간 로타리 코리아 월드컵 초대 축시 「조국에
영광을」 발표

2002 경북일보 아침시단 초대시 「갈대」 발표

2002 통영 욕지도 여름 문학기행 기행문 「내가 마
지막 본 욕지도」 에세이 수록

2002 호미예술 여름호 초대시 「대한민국 포항시」
발표

2002 경주문인회 하계 수련회 참가 「경북 포항 구
룡포」

2002 11번째 시집 「이세상 나그네 길에서」 발표

2002 국제 PEN 성기조 회장 최상고 시인의 "사람에게
詩가 필요한 이유 평설

2002	월간 문학공간 시 「영광을 조국에」 발표
2002	경주 문학 시 「동해」 외 1편 발표
2002	계간 문예비전 시 「밤바다」 외 2편 발표
2002	울산 태화로타리 초대시 「우리들의 이상」 발표
2002	월간 순수문학 「은하수」 외 1편 발표
2002	한국시인 협회 사화집 시 「조국에 영광을」 월드컵 축시 발표
2003	문예시대 초대시 「기억」 외 1편 발표
2003	2003년 새해 백두대간 종주 기행 탐방
2003	「문예시대」 초대시 「기억」 「만감의 고향」 발표
2003	일본 문학기생 「동경」 「동경현」 「황궁」 「신주꾸」 「요코하마」 등
2003	한국 현대시인협회 사화집 「밤바다」 발표
2003	신판 한국시 대사전 「최상고」 시인 대표시 「조국통일, 사랑하는 어머니에게」 등 수록 등재
2003	경주 예술제 초대 시화전 「은하수」 발표
2003	한국곤충협회 설립 회장 피선
2003	목월 백일장 심사위원
2003	월간 문학지 「만감의 고향」 외 1편 발표

2003 국제여성 총연맹 한국본부 경주대회 초청
      초대시 「사랑하는 어머님에게」 낭송 발표
2003 국제 로타리 경주클럽 40주년 기념집 축시
      「조국통일」 발표
2003 이인제 선생 대업출정 초대 헌시 낭송 「국
      회의사당 국회회관 대강당」 시 최상고,
      「새희망을 알리는 해야 솟아라」 발표 낭송
2003 국제 PEN 해외문학 보고회 겸 심포지엄 참가
2003 가곡집 「울산의 노래」 최상고 작 「동해」 「사
      랑하는 것은」 「인생 우리도 모른다」 수록
2003 미국 CA, LA 솔로몬 대학교 총장 백지영 박사
      일행 내방
2003 국제 PEN클럽 한국본부 회장 성기조 박사 고희 기념
      집 굴렁쇠의 시간여행집에 최상고 고희 기념 휘호
      대 시인 두보의 곡강시 중 「인생칠십고희래」 인용
      성기조 선생의 「인간완성, 인간승리」 휘호 헌정
2003 한맥 문학 9월호 시조 「편편산조」 발표
2003 문예 비견 시 「편편산조」 발표
2003 제1회 「강릉시」 초허 김동명 문학상 최상고의
      「조국통일」 의 詩로 제 1 회 수상

2003 부산 문예시대 창간 10주년기념 배상호시인
공로패 수여 「부산일보」 천강문화재단

2003 문예시대 창간 10주년 초대시 「통일을 알리는
해야 솟아라」 발표

2003 경남외국어고등학교 교지 「가지산」 「산내면
황토길」 「무지개다리」 발표

2004 문학공간 시 「편편산조」 10편 발표

2004 시사평론 초대시 「기억」 발표

2004 성명서 : 중국의 대한 고구려 역사 왜곡사실에
대한 비판 칼럼 발표

2004 성명서 : 일본의 독도 영토 주장 망언에 대한
비판 성명서 발표

2004 전자시집 출판 「WIZ BOOK 출판사」
1. 시집 「조국통일」
2. 시집 「영원의 목소리」
3. 시집 「이 세상 나그네 길에서」

2004 칼럼 「태극기」 「우리의 조국 대한민국」 발표

2004 미국 C.A 국제신학대학교 명예 문학박사 학위
수여 받음

2004 성명서 : 한심한 국회의원과 국회 그리고 대통령
소추 탄핵안 가결에 대한 성명서 발표

2004   경주예총 시화전「목소리」발표

2004   일본 문화기행- 요꼬하마시 야마데쬬 지방,
        동경, 긴자, 신주꾸 지역

2004   대전대학교 창운 김용재 교수 회갑 기념집
        축시「통일을 알리는 해야 솟아라」헌정

2004   계간「시인정신」봄호 초대시「그대」「만감의
        고향」발표

2004   한국곤충협회 부총재 주흥제 박사님 내방
        곤충박물관 위치 확인 및 희귀나비 서식처
        조사및 표본채집「경북경주, 영덕, 울진 등」

2004   칼럼 국회의원 이인재 선생 구속 조사에 대한
        성명서 발표

2004   21세기 한국의 인물 WHO'S, WHO IN KOREA
        21세기 영문판 등제
        최상고 시작품 소개 및 대표 영문시 수록

2004   국제 팬클럽 팬문학 여름호 시작품「호박꽃」
        발표

2004   일두 정여창선생 서거 500주년 기념행사
        「정여창 추모시집, 꺼지지 않는 등불」최상고
        초대시「스승님께」헌시

2004	한국문인 여름호 시작품 「갓바위 부처님」 「굵은선 하나 그어놓고」 발표
2004	경주문학 시작품 「밤바다」 「기억」 발표
2004	문화예술부문 「문학예술대상」 수상
2004	WHO IS, WHO'S 영문판 인명대사전 최상고 작품 소개 및 인명등재
2004	장녀 최데레사 손자 「김명건」 출생
2005	새해 곤충 생태환경조사 지리산 일원
2005	경주문학지 34호 시작품 「편편산조」 발표
2005	서평 최상고 시집 「사랑 그 영원한 노스텔지어」 출간에 대한 대전대학교 박명용 교수의 평설 「삶과 죽음의 오버랩」
2005	일본 국제 세미나 참가 및 문학 기행 (동경, 긴자, 요쿠하마, 지바현) 등
2005	국제 평화 대사 피선
2005	월간 "모든 포엠" 초대시 「사랑한다는 것은」 외 4편 발표
2005	일본 독도 영유권 주장에 대한 반박 성명서 발표 일본의 대한민국영토 독도 영토주장과 역사

교과서 왜곡에 대한 성명서 발표

2005 국제 피스컵 축구대회 조직위원 피선

2005 시와 수필 「기억」 외 2편 발표

2005 가지산 일원 곤충생태환경 조사

2005 경주문인협회 시화전 「불국사」 발표

2005 경주 예술제 시화전 「토함산」 발표 및 중국
서안문화 예술교류전 출품

2005 울산 국제 세미나 참가 보고회 강연

2005 4월 월간 모든포헴 특집 최상고 포커스 「기억」
외 14편 발표

2005 영상시집 최상고 작품 CD, BDO 출간

2005 미국 솔로몬 대학교 백지영 총장 내방

2005 청마 백일장 심사위원

2005 곤충생태 환경조사 「경남 남해 일원」

2005 문학공간 시 「가슴속에 있는 사람」 발표

2005 경주문학 35호 시 「사랑하는 어머님에게」 발표

2005 광복 60주년 기념 헌시 「조국통일」 발표

2005 광복 60주년 기념 현대시인협회 기념테마
시화집 시작품 「백두산에서」 발표

2005 광복 60주년 기념 문학인 대회 참석 「백담

사 만해마을」

2005 경주문학 35호 시 작품 「사랑하는 어머님에
      게」 발표

2005 문예시대 특집 광복 60주년 기념 최상고 초대시
      「조국통일」 외 9편 발표

2005 한국 현대 인물사 / 시인 / 최상고 교수 작품연보
      수록

2005 최상고 시작품 평설 「편편산조」 한국수필가협회
      회장 수필가 이철호 선생의 제4평론집 「문학 내
      삶의 영원한 본향」 에 수록

2005 시집 「사랑 그 영원한 노스텔지어」 출판
      도서출판 학영사 간

2005 서평, 최상고 시집 「어머니 그 영원한 노스텔
      지어」 에 대하여 한국수필가협회 회장 수필가
      이철호 선생의 평설

2005 세계 문화예술대상 「문학부문」 수상

2005 경주문학 36호 시작품 「나의 기도를 들어주
      소서」 발표

2005 새해축시 「통일을 알리는 붉은 해야 솟아라」
      발표

2006	시집「사랑 그 영원한 노스텔지어」WIZ BOOK
	출판사 전자책 출간
2006	기존출간 전자도서

    1) 최상고 시집「조국통일」

      WIZ BOOK 출판사

    2) 최상고 시집「영원의 목소리」

      WIZ BOOK 출판사

    3) 최상고 시집「이세상 나그네 길에서」

      WIZ BOOK 출판사

    4) 최상고 영상집 VIDEO「영상을 만드는 사람들」

    5) 최상고 시집 영상 CD「영상을 만드는 사람들」

2006	연예신문 특집「태화강」을 노래하는 최상고
	시인
2006	「문예시대」시집「사랑 그 영원한 노스텔지어」에
	대한 작품해설 대전대학교 교수/시인 박명용 박사
2006	「어머님 고향」심순보 작곡 가곡 발표
2006	시와 수필 봄호 창작시「운문사에서」외 1편
	발표

2006 4월 15일 미국 솔로몬대학교 국어국문학부
　　　 문예창작학과 석좌 교수 취임

2006 미국문학 가행 CA, LA 헐리우드 및 유니버셜,
　　　 산타모니카 롱비치 지역 순방

2006 남석훈 목사「가수, 배우, 영화감독 및 제작자」
　　　 초청 방미

2006 「유치환」 청마백일장 심사위원

2006 「좋은문학」 시 작품「백두산에서」「기억속의
　　　 꿈」 발표

2006 문학기행 [로스엔젤레스 한인타운, 오렌지 카운
　　　 티타운, 헐리우드 드림픽처 영화사, 씨네우드 영
　　　 화사등]

2006 미국 솔로몬 대학교 대학원 명예 교육학 박사학위
　　　 수여받음

2006 미국 솔로몬 대학교 한국 분교 설치건 협의차
　　　 대전대학교 박명용 교수

2006 미국 한국일보 장재민 회장 및 대표이사 김성한
　　　 선생 방문

2006 미국 LA 시립 박물관 장채스터박사 초정 방문

2006 미국 LA 한국박물관 탐방

2006　문학공간 시작품 「통일의 시」 발표

2006　중국 문학기행
　　　(북경-만리장성-자금성-동인당-백두산-장백
　　　폭포-두만강-혜란강-일송정-연변)등

2006　곤충생태환경조사 거제도, 외도 답사

2006　문예비전 「편편산조」 시작품 발표

2007　극영화 시나리오 [THE HERO]작품 탈고

2007　미국 공화당 대통령 정책 자문위원 아브람함
　　　리 초청 미국 방문

2007　제4차 미국 「KORUSA MIDIA, WROKS」 영화
　　　사 초청 방문

2007　시집 「천지창조」 탈고

2007　철학집 「천강 명상록」 탈고

2007　칼럼 「우리는 왜 위대한 지도자가 없을까」 발표

2007　詩 「무지개를 찾아서」 발표

2007　라오스, 태국, 버마(미얀마) 문학기행

2007　최상고 일본에 대한 성명서 발표

2008　경주문학 「이세상 끝까지」 발표

2008　경북 현대시 100주년 기념집 「통일을 알리는
　　　해야 솟아라」 발표

2008   승례문에게 최상고 시 헌정

2008   칼럼 「인간도 유영하고 곤충도 유영하고」
        발표

2008   칼럼 「인생」 「명상의 시간」 에서 발표

2008   차녀 "최에레사" 전완철과 결혼

2009   철학집 「천강 명상록」 탈고

2009   칼럼 「한발자국 한걸음씩」 발표

2009   칼럼 「하늘에 대한 명상」 발표

2009   칼럼 「자아의 명상」 발표

2010   가요집 「희망의 세상」 외 29곡 탈고

2010   시극집 「이 세상나그네 길에서」 탈고

2010   베트남 사이공 「하롱베이」 문학기행

2010   최상고 문학상 시상 「시와 수필 문학사 강천형」

2010   칼럼 「아 10월이여」 발표

2010   사상집 「천강 참회록」 탈고

2010   칼럼 「떠나 가는 가을들」 발표

2010   월간 모던포엠 10월 이달의 시인 「사랑의 자유」
        발표

2011   국제 Pen 한국본부 "문화정책위원" 피선

2011   가요집 「붙이지 못한편지」 외 29곡 탈고

2011   중국문학기행 "항주, 소주" 탐방

2011   차녀 최에레사 자녀 손자 "전민찬" 출생

2012   최상고 문학상 제정 「시와 수필 문학사」 강
        천형 시상식 부산일보 대강당

2012   수필집 「이 사랑 영원히 그대에게」 탈고

2012   칼럼 「대통령, 대통령직이란」 발표

2012   가곡 「한국 환타지아」 발표

2012   시집 「생명의 불씨」 탈고

2012   일본 문학기행 – 시모노새끼 지역 일원

2012   시와 수필 초대시 「내 기도를 들어 주소서」
        발표

2013   수상집 「영원한 사랑」 탈고

2013   태국문학기행 – 치앙마이, 치앙라이 지역 일원

2013   삼녀 최효실, 공경표 결혼

2013   최상고 문학상 시상 「시와수필 문학사」
        – 부산일보 대강당

2013   한국 곤충생태공원 건립 지역 확정

2013   김천 문화예술종합박물관 사무소 개설

2013   논문 「화훼 산업화를 통한 대한민국 국가 경
        쟁력향상 방안」 에 관한 연구 논문 발표

2014 수상집 「영원한 사랑」 탈고

2014 대서사시 시집 「천지창조」 탈고

2014 논문 「자살 방지대책과 예방에 관한 연구」 발표

2014 시집 「생명의 불씨」 탈고

2014 3녀 최효실 자녀 손녀 「공은서」 출생

2015 논문 「노령화로 가는 사회의 노인생활 대책에 관한 연구」 발표

2015 축시 「독도 환상곡」 발표

2016 광복70주년에 즈음하여
      논문 「독도는 대한민국 영토로서 역사적 주권 지배 사실과 기록 인증에 관한 연구」 논문 발표

2016 詩 「바다의 유희」 발표 – 이코노미뉴스社

2016 詩 「바다의 희롱」 발표 – 이코노미뉴스社

2016 시극집 「사랑 그 영원한 노스텔지어」 탈고

2016 수상집 「님의 등불」 탈고

2016 희곡 시극집 「사랑하는 어머님에게」 탈고

2017 수상집 「죽음과 영생」 탈고

2017 에덴복음 선교회 설립 (등록번호304-82-69891)

2017 미국 솔로몬대학 "백지영 총장" 내방
      제주도 분교 설립 현장 답사

2017	수필집 「나를 살리신 님이시여」 탈고
2017	필리핀 세부 지역 문학기생
2017	칼럼 「꽃띠 시절들」 발표
2017	칼럼 「가을에서 겨울속으로 접속」 발표
2017	칼럼 「특권 많은 국회의원」 발표
2017	논문 「日本잔재 화투놀이문화 청산을 위한 대한 민국 꽃놀이 문화의 제정과 보급에 관한 연구」 탈고
2018	칼럼 「대통령 대통령직이란」 칼럼 발표
2018	수필가 김옥희여사 월간(신문예) 「믿음.소망.사랑」 外 1편 등단 추천과 서평
2018	미국령 "괌"지역 문학기생
2018	한국 [현대문학] 작가회 중앙위원회 피선
2018	가요집 「지금 그대처럼」 外 29편 탈고
2018	인도네시아 문학기생
2018	가요집 「붙이지 못한 편지」 外 29편 탈고
2018	한국 현대 시인협회 "지도위원" 피선
2018	베트남 3차 문학기행 -다낭. 호이안. 바나힐 일원 지역
2018	가요집 「희망의 세상에서」 外 29편 탈고

2018   에세이 「봄날은 가더라」 발표

2018   에세이 「아름다운 계절」 발표

      에세이 「석양의 미학에 대한 소고」 발표

2019   「2019년 새해에도 기도하게 하소서」 기도문
      발표

2019   국민뉴스 초대시 「사랑하는 어머님」 발표

2019   월간 「순수문학」 시 「거룩한 얼굴」 외 1편
      발표

2019   수필집 「이 사랑 영원히 그대에게」 탈고

2019   현대작가 2호 시 「노을」 발표

2019   현대문예 시 「사랑하는 어머님에게」 발표

2019   현대 시인협회 사화집 시 「거룩한 얼굴」 발표

2019   월간 신문예 명사초대시 「목소리」 외 4편 발표

2019   현대작가 3호 시 「생명의 불씨」 발표

2019   대한민국 대통령 문재인 어머니 서거에 대한
      애도 조시 「사랑하는 어머니에게」 헌정

2019   신문예 책나라 마음에 평안을 주는 시집
      초대시 「동해」 발표

2019   신문예 100호 기념 시 「사랑의 자유」 발표

2018	3.1 독립운동 100주년 기념집
	초대시 「내조국 내강산에」 발표
2018	에덴동산 「어머니회」 설립
	(등록번호 610-82-82747)
2019	신문예 103호 「3.1절 아침에」 발표
2019	결혼식 주례 1,000회 집전
2019	에세이 「철모르고 핀 철쭉꽃」 발표
2019	에세이 「가을에서 겨울속으로」 발표
2019	에세이 「10월과 11월의 사색」 발표
2019	에세이 「5월의 노래」 발표
2019	에세이 「창출된 인연설」 발표
2019	에세이 「인간이여 생명이여 감사하라」 발표
2019	에세이 「가슴에 울리는 소리」 발표
2019	에세이 「한발자국 한걸음씩」 발표
2019	에세이 「하늘에 대한 명상」 발표
2019	에세이 「사색의 시간에서」 발표
2019	에세이 「떠나가는 가을」 발표
2019	에세이 「소중한 사람」 발표
2019	에세이 「사람이 사람을 은애 하는 일」 발표
2019	미국 청송문화재단 한국본부 회장

2020 미국솔로몬대학교 명예 철학박사 학위 받음

2020 「2020 새해 소원」 기원문 발표

2020 칼럼 「인생과 삶의 미학」 발표

2020 「레미제라블」에 대한 논고 발표

2020 세상에서 가장 웅대하고 감동적인
　　　「67,300명이 부르는 할레루야」
　　　4월의 크리스마스라고 지칭하여 코로나19를
　　　이겨낼수 있도록 소개함

2020 에세이 「봄의 화신을 마중하며」 발표

2020 코로나19를 이기기 위한 기도
　　　「전지전능하신 님이시여」 에세이 발표

2020 한국 시인연대 사화집 「한강의 설화집」「바다
　　　의유희」「바다의 회롱」 발표

2020 대한민국 상록수 봉사상 대상 수상

2020 소설 「아! 어머니」 탈고 – 영화시나리오 희곡 각본

2020 영원한 스승 김진수 의학박사 서거
　　　애도 조시 「어디로 가시나이까」 헌정

2020 3월 신문예 102호 초대시 「삼일절 아침에」
　　　발표

2021 한글문학 21호 [바다의 유희] 발표
2021 신문예 [사랑하는 어머니 에게] 발표
2021 대륙문학 창간호 [기억속의 꿈] 외1편 발표
2021 한국 신문예 사화집 15호 생각의 바다
　　　[영웅] [내조국 내강산에] 발표
2021 아태문학 7호 [사랑하는 어머니] 발표
2021 신문예 107호 [어머님 생각] 발표
2021 한글문학 21호 [바다의 유희]
　　　[바다의 희롱] 발표
2022 대 서사시집 [사랑하는 어머니에게] 출간
2022 대 서사시집 [천지창조] 출간
2022 시집 [사랑 그 영원한 노스텔지어]
　　　2판 출간
2022 인생과 삶의 에세이 집 [생명의 불씨] 탈고
2022 사랑의 에세이 집 [영원한 사랑] 탈고
2022 영화 씨나리오 [사랑하는 어머니에게]
　　　　　　　　　부제 [생명의 기적] 탈고
2022 시극 [사랑하는 어머니] 탈고

전자출판 E- BOOK

e-book 시집 [사랑] 출간
e-book 시집 [영원한 목소리] 출간
e-book 시집 [나를 부르는 소리] 출간
e-book 시집 [사랑하는 나의 님이시여] 출간
e-book 시집 [그대마음 달랠 수 있다면] 출간

기타 인터넷 검색창에서 최상고 작품조회

구글,다음,네이버,줌, 네띠안,엠파스,심마니, 페이스북,
카카오톡, 인스타그램, 트위트 등의 블로그와 카페
조선일보사,국민뉴스,이코노미뉴스
등에서도 약 10,000 여편의 시, 수필,
수상,성명서, 칼럼등이 발표되어 검색이 되며

국립중앙도서관, 한국문학도서관
각 학교 미국 하바드대학, 러시아 대학
서울대학교,건국대학,울산대학,대전대학,동명정보대
극동정보대학,동원대학,성남고등학교 등에서도
최상고 [GHOI SANG GO] 작품이 검색됨

이 세상 천지간에서
한 단어의 고결한 말은 어머니 이며
위대하도록 아름다운 말도 어머니 이고
가장 아름다운 사람도 어머니이다

우리는 그 어머니로 부터
고귀한 생명을 받았기에 마음에서 부터
항상 어머니의 노래를 불러야 할 것이다

-최상고의 명상록 중에서-

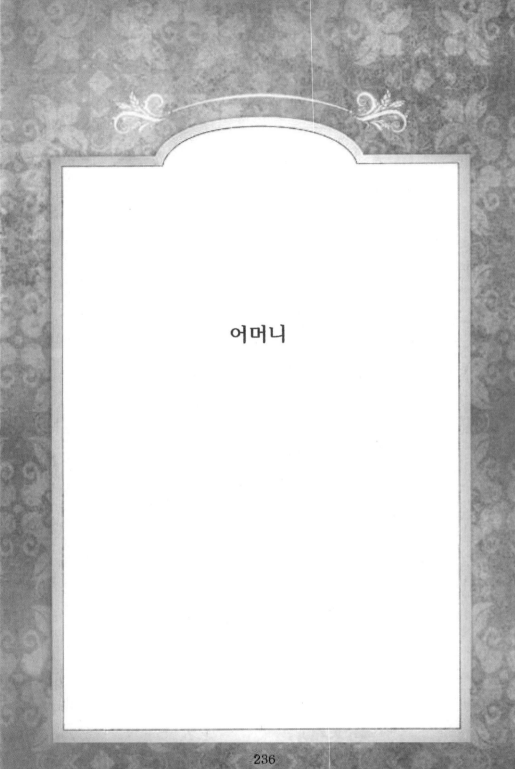

어머니

저자 최상고의 어머니 **양인순** 여사 (우측)

연극『이수일과 심순애』중에서 이도령 분장

가곡

사랑하는 어머님에게
One's Beloved Mother

최 상 고　작시
김 수 정　작곡

초연　울산 YMCA 합창단
장소　울산 태화호텔 대연회장

본 작품은 「영남가곡집」 과 「태화강」 에 각각 수록되어 있음

사랑하는 어머님에게

최 상 고 작시   김 수 정 작곡

사랑하는어머님 사랑하는어머님 만가지 삼 이란 삼 에 는
주름살로데우섰고 몸이란 몸으로 배 뚜신 정 심을

못 잊 어 못 잊혀지는 사 랑 이었 습 니 다

240

없 으 니　　　어머 님노래 는 불 러도　　　한　이없습니 -

다　　　부디영혼의　　세계에서라 도　오 시 어

이손자 저손자 안으시 고　　　편히도 기쁨의　미소짓 주시옵소

사 　 사 랑 하 는 어 머 님 　 사 랑 하 는 어 머 님

아 　 그 러 나 　 어 머 님 사 랑 만 큼 은

바 시 겠 슈 　 니 까

가곡

어머니 생각

Mother Idea

최 상 고   작시
김 근 태   작곡

이 곡은 KBS울산경음악 단장인 작곡가 김근태 선생이 작곡하여
영남가곡집과 향토교향지 「태화강」에 발표 수록되어 있다.

어머님 생각

최상고 작사   김근태 작곡

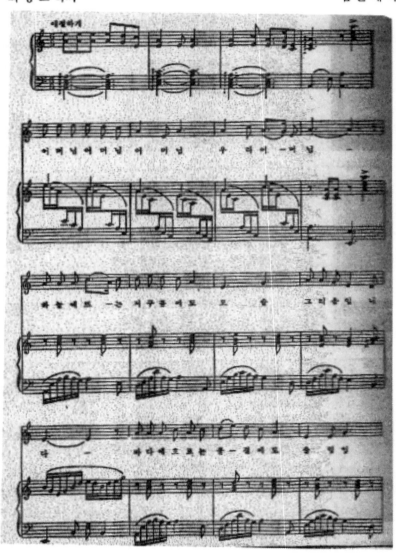